L'EXILÉ,

ÉLÉGIES NATIONALES,

SUIVIES

DU SIÉGE D'ORLÉANS,

POËME;

PAR C. M. CAQUOT.

Patriæ semper.

PRIX 1 fr. 50 c.

A PARIS.

Chez Mme. HUET, libraire, *au Grand Magasin de pièces de théâtre anciennes et modernes*, rue de Rohan, no. 21, au coin de celle de Rivoli, près le Palais-Royal.

Et chez tous les marchands de nouveautés de Paris et des Départemens.

1820.

C. BALLARD, IMPRIMEUR DU ROI,

RUE J.-J. ROUSSEAU, N°. 8.

L'EXILÉ.

Super flumina Babylonis illic sedimus
et flevimus, dùm recordaremur tui Syon.

PSAL. 136.

I.

LE DÉPART DE L'EXILÉ.

Des mortels fatigués, suspendant les travaux,
La nuit au doux sommeil mêlait l'oubli des maux :
Coucy veillait; Coucy qui, d'une antique race,
Voit refleurir en lui la valeur et la grâce,
Qui, sur son jeune front déjà ceint de lauriers,
Ne compte pas encor quatre lustres entiers ;
Coucy, l'amour du brave et l'espoir de son père,
Doit, dans un long exil, user sa vie entière.
Sujet toujours soumis, toujours brave soldat,
Il sait, sans murmurer, obéir à l'État.
Il veut, s'enveloppant de l'ombre tutélaire,
Tandis qu'en paix encor repose son vieux père,
Et que sa mère encor ignore ses malheurs,
Par son départ secret leur éviter des pleurs.
Il s'arme; à son côté pend le long cimeterre
Qu'au milieu des combats CHARLEMAGNE, naguère,
Lui ceignit, gage heureux d'estime et de valeur.
Il s'avance à pas lents, une vague lueur
Sur les sombres degrés avec peine le guide,
Et bientôt le bruit sourd de sa marche timide,

Du chien, fidèle ami de ce jeune héros,
Près du lit paternel va troubler le repos.
Par son maître, à la chasse, instruit dès sa jeunesse,
Aux camps, dans les forêts, à ses côtés sans cesse,
De travaux, de plaisirs, il est son compagnon.
Phanor, au bruit confus des armes du baron,
Accourt; autour de lui, bondissant d'alégresse,
Il fait, par ses longs cris, éclater sa tendresse.
Coucy veut le calmer; mais voilà que soudain
Le vieux seigneur arrive, et lui prenant la main :
« Mon fils, vous partez donc!.... O fortune cruelle!
» Sachons braver ses coups, montrons nous plus grands qu'ell
» Vous allez nous quitter peut-être pour jamais :
» Souvenez-vous toujours que vous êtes français!
» Français! à ce nom seul les nations lointaines
» D'un honorable accueil adouciront vos peines.
» Dans vos plus grands revers, ce nom consolateur
» Imprimera sur vous le respect de l'honneur.
» Tournez souvent les yeux sur notre belle France;
» S'il arrivait qu'un jour, osant lever la lance,
» Contre elle l'ennemi se liguât de nouveau;
» Puissiez-vous, déchiré, sans honneurs, sans tombeau,
» Être roulé mourant sur une plage aride,
» Avant qu'armant vos mains d'un glaive parricide
» Vous cherchiez contre nous de coupables succès :
» Souvenez-vous toujours que vous êtes français!

Il semble qu'à ces mots, enflammé de courage,
Le vieux guerrier encor retrouve son jeune âge.
Mais lorsque sur sa main il sent couler des pleurs,
Lorsque son fils lui dit, étouffant ses douleurs,

« Adieu!... je suis français.... » Alors, l'âme froissée,
Il donne un libre cours à sa triste pensée ;
Sur son cœur paternel il le presse long-tems ,
Et jusqu'aux cieux, pour lui, montent ses vœux ardens.

Ah ! ne prolongez pas ces trop courtes étreintes ,
Séparez-vous ! Bientôt de plus cruelles plaintes,
Des cris plus douloureux vont déchirer vos cœurs.
L'exil, l'affreux exil, de toutes ses horreurs ,
Au milieu de la nuit, comme un spectre livide,
Vient effrayer la couche où veille Zénaïde.
La jeune Zénaïde, unie au vieux Coucy,
Ignorant le bonheur d'un hymen assorti;
Près de son fils du moins , heureuse et tendre mère,
Trouvait le jour moins long, la peine moins amère:
Inquiette, égarée, elle accourt ; sur son sein,
En désordre jeté, flotte un voile de lin.
Ses longs cheveux ont fui du réseau qui les lie ;
Les pieds nus, elle accourt; de loin elle s'écrie :
O mon fils ! et sa voix se perd en longs sanglots.
Dans les bras de son fils elle tombe à ces mots.
Enfin, le regardant, les yeux mouillés de larmes :
« Mon fils! pourquoi vouloir me causer tant d'alarmes !
» Cruel ! m'abandonner ! et lorsque pour toujours,
» Dans l'exil, loin des miens, vont s'écouler tes jours,
» Fuir le dernier baiser d'une mère qui t'aime !
» Fuir ses derniers adieux ! A ce moment suprême
» Lui ravir la douleur de pleurer sur son fils !
» Ah ! qui donc désormais calmera mes soucis !
» Qui pourrai-je bénir à mon heure dernière!
» Qui, sur mon lit de mort, me clora la paupière !

» Et toi, mon fils, qui donc, de soins ingénieux,
» Entourera ta vie et préviendra tes vœux :
» Je ne te quitte pas ; partout je veux te suivre ;
» Seule ici, loin de toi, sans toi je ne puis vivre ! »

Coucy, le cœur brisé, malgré lui s'attendrit ;
Mais, enfin : « à quoi bon ainsi de votre esprit
» Chasser l'heureux espoir, doux soutien de la vie ?
» Oui, l'exilé bientôt reverra sa patrie !
» Le calme qui renaît amènera l'oubli ;
» L'ami pourra parler en faveur d'un ami.
» Le Roi, dont la rigueur afflige la grande ame,
» Rappellera ses fils que la France réclame. »

Les berçant en ces mots d'un espoir qu'il n'a pas,
Il dévore ses pleurs, s'arrache de leurs bras,
Saute sur le coursier qu'un écuyer apprête,
Et sur eux, en fuyant, tourne encore la tête,
Tandis que, tout joyeux, son chien court devant lui,...
Dans son exil au moins il emmène un ami !

II.

LE CHANT D'EXIL.

Au milieu des déserts de l'affreuse Lybie,
Où partout la nature enflammée et sans vie
N'offre qu'un ciel de plomb et des sables brûlans,
L'exilé, tout le jour, traînait ses pas errans;
Il succombait. Déjà sa langue desséchée
A l'aride palais demeurait attachée:
Déjà, comme un brasier, le terrible kansin (*)
De son souffle de feu lui déchirait le sein.
D'un œil découragé parcourant en silence
Ces tourbillons roulans dans l'horizon immense,
Déjà le malheureux, à chaque flot nouveau,
Croyait voir, sous ses pas, s'entrouvrir un tombeau.

« Il faudra donc mourir dans cette aride plaine !
Personne à mes côtés pour soulager ma peine,
Pour recueillir mon ame à son dernier soupir !
Loin de vous, ô mon père! ô ma mère chérie !
Loin de vous, mes amis ! loin de toi, ma patrie !
    Il faudra donc mourir ! »

(*) Kansin, vent du désert.

« Doux séjour du bonheur, des arts, de l'abondance,
Pays de mes aïeux, ô France! ô belle France!
Viens, à l'heure de mort, charmer mon souvenir !
Hélas ! sous tes drapeaux, enfans de la victoire,
Percé de nobles coups et couronné de gloire,
      J'aurais voulu mourir !

« Puisse-tu, toujours grande et toujours révérée,
Ombrager l'univers de ta tête sacrée,
Comme un palmier superbe en tout tems refleurir!
Puisse de tes enfans la famille bannie
Couler en paix ses jours dans ton sein réunie....
      Pour moi, je vais mourir !

« Je meurs, et loin des miens, sur la plage étrangère,
Mon corps implore en vain la terre hospitalière;
Puisse le flot aride au moins l'ensevelir !
Et portant mes adieux sur son aile légère,
Puisse Zéphir, la nuit, soupirer à ma mère,
      Coucy vient de mourir. »

Il dit : sur le désert, la nuit muette et sombre
Lentement et sans bruit vient étendre son ombre,
Des rayons éclipsés amortir la chaleur,
Et, sans l'offrir, au moins promettre la fraîcheur.
Alors, vers l'orient, une brise légère
S'élève inattendue, et, glissant sur la terre,
Roule comme un ruisseau ses humides vapeurs
Et parfume les airs de l'haleine des fleurs.
Coucy respire enfin ; sa bouche haletante
Savoure avec plaisir la brise bienfaisante,

Jusqu'au fond de son cœur, je ne sais quel pouvoir
Fait circuler la vie en ramenant l'espoir ;
Comme en été l'on voit une mourante rose
Se relever, rougir, sous la main qui l'arrose.

Lorsque, depuis long-tems, de chasseurs poursuivi,
Des bois hospitaliers un vieux cerf est sorti,
Que, sous ses pas, ont fui les côteaux et la plaine,
Que déjà, fatigué, succombant, hors d'haleine,
Il entend près de lui les cors retentissans,
Les véneurs, les chevaux, les dogues menaçans,
Et que, les yeux en pleurs, enfin perdant courage,
Il dit l'adieu de mort au paternel bocage ;
Si, tout-à-coup, au loin, de ses sombres forêts,
Dans la plaine noircie, il voit l'ombrage épais ;
La fatigue, la soif, le danger, tout s'oublie....
Il vole.... et sa forêt le voit encore en vie.
Tel Coucy se relève ; et le brûlant désert
Loin, derrière ses pas, fuit, disparaît, se perd....
Enfin vers des palmiers, séjour riant, humide,
L'exilé suit bientôt son Phanor qui le guide.

III.

L'HOSPITALITÉ.

Une vague lueur en flots d'or et d'azur
Vogue incertaine encor dans l'air humide et pur,
Et mêle aux plis mouvans du manteau de l'aurore,
Du voile épais des nuits l'ombre qui se colore,
Quelques accens plaintifs, doux, inarticulés,
Des chants demi-formés, des soupirs modulés,
D'accords mystérieux animent le feuillage.
Coucy, le front brûlé, sous cet épais ombrage,
Arrive, et tous ses maux un instant sont finis.
Dans un étroit sentier, près de palmiers fleuris,
Il a cru voir, il voit, d'une marche légère,
Vers le ruisseau voisin courir une bergère
Qui, sur sa jambe nue et son sein découvert,
Laisse flotter le lin par zéphir entrouvert.
Il la suit à pas lents : sur sa tête docile,
Elle allait reposer un long vase d'argile,
Où, de l'onde captive, elle a fait à longs flots
Couler les frais trésors, espoir de ses troupeaux,
Lorsqu'au bruit du guerrier, craintive, elle s'arrête.
A l'aspect de l'acier qui brille sur sa tête,
Elle crie et veut fuir ; mais lui, le casque en main :
« Un exilé, mourant et de soif et de faim,
» Vous implore.... » Il a dit, et sa voix affaiblie
Semble laisser ces mots s'enfuir avec la vie.

A la pitié dés-lors ouvrant son jeune cœur,
Elle a de l'inconnu remarqué la pâleur;
Les maux qu'il a soufferts, sa beauté, sa jeunesse,
Son air noble et guerrier, tout en lui l'intéresse.
De l'onde protectrice appelant le secours,
Au sang qui s'arrêtait elle a rendu son cours,
Et tandis qu'à longs traits, sur sa lèvre brûlante,
Il verse, en haletant, la fraîcheur bienfaisante,
D'une tremblante main, timide et rougissant,
Elle penche et soutient le vase trop pesant.
— « Grâce te soit rendue, ô toi, qui vers la vie
» Enfin as rappelé mon ame anéantie!
» dis moi quel est ton nom. Lorsque peut-être un jour,
» Au foyer paternel je serai de retour,
» Que je puisse, le soir, le redire à ma mère:
» Ses chants répéteront le nom de l'étrangère;
» Dans nos tournois guerriers, ce nom toujours chéri,
» Brillera respecté près du nom de Coucy. »
— « On m'appelle Zara; mes jours près d'un vieux père,
» Coulent heureux et purs sous une humble chaumière,
» Venez; si nous pouvons adoucir vos chagrins,
» Si le calme et la paix sont pour vous de vrais biens,
» Sous notre toit paisible acceptez un asile;
» On y vit occupé, mais on y vit tranquille. »
— « Allons, belle Zara. » Le lourd vase rempli,
A ces mots, est placé sur le front de Coucy,
Et le casque pesant où brille l'aigle altière
Pend et résonne au bras de la jeune bergère.
Tous deux, en souriant, du chemin onduleux,
Suivent la molle pente et les détours nombreux,
Et découvrent enfin la modeste cabanne
Que voile et que défend l'ombre d'un frais platane.

IV.

HYMNE A LA PATRIE.

Un soir, que fatigué des rustiques travaux,
Le vieillard Ismaël goûtait un doux repos
Et contemplait assis, à l'ombre du bocage,
L'astre mouvant des nuits qui brillait sans nuage;
Près de lui, l'exilé triste et silencieux,
Semblait, le front baissé, fuir le regard des cieux.
A ses pieds étendu, son compagnon fidèle
Phanor, toujours aimant, et toujours plein de zèle,
De l'exil avec lui partageait la douleur.
Et la belle Zara, le front ceint de pudeur,
D'une main indolente effleurant une lyre,
Les yeux mouillés de pleurs essayait de sourire
Voilà, vingt fois repris, vingt fois interrompus,
Que ses chants tout-à-coup demeurent suspendus:
La lyre, de ses mains, tombe sans qu'elle y pense;
Et sur eux, un instant, plane un morne silence.

Lors élevant la voix : « mon fils, dit Ismaël,
» (Permettez à mon âge un accent paternel);
» Pourquoi dans l'avenir plonger votre pensée?
» Croyez-moi, remontez vers la gloire passée,

» Ranimez votre esprit d'un souvenir flatteur,
» De votre beau pays redites-moi l'honneur,
» Et le nom de ses preux, leurs combats, leur victoire,
» Et l'univers muet au seul bruit de leur gloire,
» Même de leur désastre aux champs de Roncevaux,
» Par de touchans regrets, consolez ces héros,
» Les consoler, que dis-je! ah! portons-leur envie;
» Tous, le fer à la main, sont morts pour la patrie!
Il dit : Coucy se lève, et le front radieux,
Prélude sur la lyre en sons harmonieux.

« Non, non, ô belle France, ô ma noble patrie,
Pays où croît la gloire, où naissent les hauts faits,
Où, comme un fleuve pur, l'abondance et la paix
Font partout circuler la liberté chérie;
Séjour aimé des cieux, jamais on ne t'oublie!

» Lorsque des vents glacés, jouet capricieux,
    La feuille, pâle et solitaire,
Vole, roule au milieu des bois silencieux,
Tombe, tombe, et de mort vient parler à la terre;
Alors des noirs frimats présageant les rigueurs;
    L'essaim craintif des oiseaux voyageurs,
D'un long et triste adieu saluant la patrie;
    Troupe exilée, errante colonie,
S'envole, et va chercher en un climat lointain,
Le printems, la verdure, un ciel pur et serein.
Hélas! ce ciel n'est pas le ciel de la patrie;
Sous ces bosquets touffus ils n'ont point vu le jour;
Le printems est pour eux sans fleurs et sans amour;
Tout leur rappelle et rien ne leur rend la patrie;

Sur le sol étranger chacun reste muet ;
Pour eux, le plaisir même est encore un regret.

« Et moi, sur la rive étrangère,
Assis, muet et solitaire,
Je me prends à pleurer !
Heureux du moins ! pour eux finiront les orages,
Un jour ils reverront les paternels rivages,
Sur l'aile des Zéphirs bientôt ils vont rentrer
Dans ce nid suspendu qui berça leur enfance !
Avec eux vole l'espérance....
Pour moi plus de beaux jours, pour moi plus de printems ;
Les noirs orages, les autans
Sans cesse grondent sur ma tête,
Le toit de mes aïeux, pour moi, n'a plus de fête.

» Aux noirs rameaux de ce palmier
J'ai suspendu mon cimeterre,
Ma cuirasse, mon bouclier,
Avec eux la gloire et la guerre....
Adieu ! je veux les oublier.

» Mais quand, sur ma faible paupière,
La nuit ramène le repos,
Je retrouve mon cimeterre,
J'appelle la gloire et la guerre,
Et je renverse des héros.

» Non, non, ô belle France ! ô ma noble patrie !
Séjour aimé des cieux, jamais on ne t'oublie !

« Moi, t'oublier ! quand l'univers,
Témoin de ta haute vaillance,
Repose à l'ombre de ta lance,
Ou vient te demander des fers !

Non, non, ô belle France! ô ma noble patrie!
Séjour aimé des cieux, jamais on ne t'oublie !

« Hélas! tant de succès brillans
De la fortune enfin ont lassé la constance;
Un jour a vu tomber nos Renauds, nos Rolands,
Mais n'a pas vu tomber la France!
Vainqueur, l'ennemi même a tremblé devant nous,
Et saisi de respect a suspendu ses coups.

» Devant une forêt majestueuse, immense,
Ainsi le voyageur, en sa marche incertain,
S'arrête, et doute encor s'il suivra son chemin.
La sombre profondeur, et l'ombre et le silence,
D'une religieuse horreur
Soudain font palpiter son cœur.
L'imagination la peuple de fantômes;
Il entend des bruits sourds, il voit errer des gnômes,
Et le sentier obscur qui perce cette nuit,
Et dans cette vaste étendue
Par des détours sans nombre au hasard le conduit,
Ne lui promet aucune issue.

» Gloire à nous ! Nos revers sont encor des succès,
Et le malheur aussi nous a trouvé français.

2

» Non . non, ô belle France ! ô ma noble patrie !
Pays où croît la gloire , où naissent les hauts faits,
Où, comme un fleuve pur, l'abondance et la paix
Font partout circuler la liberté chérie,
Séjour aimé des cieux jamais on ne t'oublie ! »

V.

LE MAL DU PAYS.

Au foyer paternel, ô vous, qui chaque soir,
Heureux, près de vos fils, aimez à vous asseoir;
Vous qui mêlez vos jeux aux jeux de leur enfance,
Et comme un bonheur vrai, comptez leur espérance;
Vous que n'ont point jetés en de lointains climats,
Ou les vents ennemis, ou nos sanglans débats,
Vous ne pouvez savoir, bercés d'un sort propice,
Quel est d'un exilé le douloureux supplice.
C'est l'enfer; on lui dit : allez et plus d'espoir (*).
Ses parens, ses amis, qu'il ne doit plus revoir,
Il a leur souvenir et n'a plus leur présence;
Leur souvenir encore ajoute à sa souffrance.

Ainsi, sous le beau ciel d'un fécond Oasis (**),
accablé de regrets, rongé de noirs soucis,

(*) C'est l'inscription de la porte de l'enfer :
  Lassat ogni speranza, voi che'ntrate. *Dante inferno. C. M*
  Ce vers peut se traduire par un seul mot : JAMAIS.

(**) On appelle OASIS, ces îles de verdure jetées au milieu
de l'océan de sable qui flotte à l'occident de l'Égypte.

Comme la fleur des champs que zéphire délaisse,
Coucy voit de ses jours se fanner la jeunesse.
En vain de ses pensers voulant charmer le cours,
Il demande au travail un consolant secours ;
Tandis que cette main qui mania l'épée,
A pousser un lourd soc maintenant occupée,
Des champs hospitaliers sillonne les guérêts,
Son esprit vagabond, de ces vertes forêts
Où ségara jadis sa douce rêverie,
Vole chercher encor la retraite chérie.
Ah ! si dans son exil, trompant ses longs ennuis,
Quelque arbre rappelait l'arbre de son pays !
S'il revoyait la fleur qui charma son enfance !
Une herbe de nos champs serait pour lui la France...

Parfois avec orgueil remontant le passé,
Il saisit un instant son glaive délaissé ;
Il le pèse, il l'agite, il marche à la victoire,
D'un combat simulé goûte la vaine gloire,
Et quelque tems au moins, heureusement déçu,
Se retrouve français alors qu'il a vaincu.
Mais rappelant bientôt sa raison égarée,
Il pleure, et d'une voix faible, mal assurée,
A son pays natal adressant ses adieux,
« O ma mère, dit-il, venez fermer mes yeux ! »

En vain, près du malade, attentive, empressée,
Zara veut du baron distraire la pensée,
Et par de tendres soins ou de légers récits,
Non guérir, mais au moins calmer ses noirs soucis.
Mais elle-même, hélas ! à sa douce folie
Voit succéder les pleurs et la mélancolie ;

Son front, toujours modeste, est couvert de pâleur,
Et le mal de Coucy semble être dans son cœur;
Tant l'amour, déguisant sa furtive présence,
Sous le nom de pitié sait tromper l'innocence!
Elle aime à lui prêter le secours de son bras,
Sur les gazons fleuris elle guide ses pas;
Si parfois fatigué d'une course lointaine,
Sur ce bras protecteur il s'appuie avec peine,
O comme de Zara, la naïve rougeur,
Par un muet aveu laisse parler son cœur!

Un soir, que lentement, le long de la prairie,
Ils suivaient incertains leur vague rêverie;
Et comme leurs pensers laissaient errer leurs pas;
La bergère, tremblante et belle d'embarras,
S'arrête : « Mon ami, de ce mal qui vous presse,
» Pourquoi toujours cacher la cause à ma tendresse?
» D'un père, en vain, pour vous mon père à la douceur,
» Zara, pour vous, en vain, a l'amour d'une sœur;
» Toujours vous soupirez, et toujours attendrie,
» Votre ame, loin de nous, vole vers la patrie »!

« Zara! chère Zara, dit alors l'exilé,
» Oui, je devrais ici, par vos soins consolé,
» Attaché pour jamais à votre solitude,
» D'un facile bonheur retrouver l'habitude,
» N'adorer que Zara, ne chérir qu'Ismaël,
» Et croire encor, près d'eux, voir le toit paternel.
» Mais regardez cet astre; en fuyant votre terre,
» Il prolonge sur nous une faible lumière,
» Et ses rayons mourans nous portent ses adieux;
» Tandis que se levant, jeune, beau, radieux,

» A de nouveaux climats il va rendre l'aurore
» Et ramener le jour pour le ravir encore.
» Sans doute en ce moment, son regard martial
» Jette ses premiers feux sur mon pays natal...
» Délicieux pays! pays où, toujours pure,
» semble, dans sa jeunesse, habiter la nature.
» Là, les étés sont doux; là, l'hiver sans rigueurs,
» Rend le printems plus beau, plus suaves les fleurs;
» Là, du printems l'automne acquitte l'espérance.
» Zara, ce beau pays, ce pays... c'est la France !
» Bercé d'un long bonheur, là j'ai reçu le jour;
» Là, de parens chéris et l'espoir et l'amour,
» Je devrais dans leurs bras.... En ce moment peut-être,
» Devançant à l'autel l'aube qui vient de naître,
» Ils implorent le ciel... pour moi... vœux superflus !
» Mes parens, mon pays... je ne vous verrai plus ! »

Vers la chaumière alors retournant en silence,
Zara pleure Coucy, Coucy pleure la France.

VI.

LES ADIEUX A L'HOTE.

COUCY.

De mes sombres chagrins sans cesse tourmenté,
J'abuse trop long-tems de l'hospitalité;
J'ai, dans votre retraite, autrefois si tranquille,
Pour prix de vos bienfaits, pour prix de votre asile,
Apporté sur mes pas la tristesse et les pleurs.
Il faut vous délivrer de moi, de mes douleurs;
Je vous quitte, Ismaël : ah! mon ame attendrie
Regrettera long-tems ma seconde patrie!
Souvent, auprès de vous, sur la fin d'un beau jour,
Par la pensée au moins je serai de retour;
Je viendrai visiter la terre hospitalière
Et rechercher encor la paix de la chaumière.

ISMAEL.

Vous nous fuyez, mon fils! sous quels heureux climats,
Dans quels nouveaux pays porterez-vous vos pas ?
Ici tout vous réclame; ici votre vaillance
Vous a fait retrouver une nouvelle France (*):

(*) Ces vers et les suivans font allusion à un morceau que
l'auteur supprime, parce qu'il faisait disparate avec l'ensemble
de l'ouvrage. Dans ce fragment, l'exilé arrachait les habitans
des Oasis à la tyrannie du Soudan d'Égypte.

Nous allions succomber sous un joug détesté,
Vous paraissez; soudain renaît la liberté.
Votre noble valeur soutient notre courage,
Vous marchez, on vous suit ; nous brisons l'esclavage :
Qui rend libre un pays n'en est pas étranger.

COUCY.

Vous m'aviez adopté, je devais vous venger.
Cet instant, Ismaël, fut pour moi plein de charmes !
En brave chevalier je pus saisir mes armes;
Je revis les combats, j'oubliai mon malheur.
Défendre l'opprimé, renverser l'oppresseur,
Et par quelques beaux faits, recommander peut-être
A votre heureux pays, celui qui m'a vu naître ;
Long-tems ce besoin seul a soutenu mon cœur ;
Pour un français la gloire est encor le bonheur.
Mais depuis qu'au repos mon ame condamnée
S'est à de noirs pensers tout entière adonnée,
Je ne sais, chaque jour, la nuit même, en dormant,
Quel lugubre avenir, quel noir pressentiment,
Comme un spectre hideux et me suit et me presse;
Voilà, malgré vos soins, malgré votre tendresse,
Voilà l'objet secret du chagrin importun
Qui, de ma vie en fleur, a détruit le parfum;
Long-tems, avant le soir, elle est déjà fannée;
Un matin fugitif est pour moi la journée.
Ah ! peut-être du moins, au sein de mon pays,
Quelques instans encor me seront-ils permis;
J'y retourne, Ismaël.

ZARA.

Vous nous quittez, mon frère....
Ah ! Zara, pour Coucy, n'est plus qu'une étrangère !

Et moi, cruel! et moi, je resterai ta sœur....
Croyez-vous qu'aisément on renonce au bonheur?
Je me suis de vous voir fait la douce habitude ;
Par vous tout s'embellit dans cette solitude :
Près de vous j'ai perdu ma naïve gaîté ,
Les pleurs que je répands ont plus de volupté.
Par mes soins caressans votre âme soulagée
De ses chagrins, parfois, se trouvait allégée, ·
De quelque joie alors mon cœur était ému;
Je voyais, près de vous, le bonheur revenu ,
Mon bonheur s'augmentait du bonheur de mon frère....
Partez.... Zara, pour vous, n'est plus qu'une étrangère ;
Partez.... Qui me rendra ces entretiens si doux,
Mes gazons, mes palmiers, qui ne sont rien sans vous?
Oui, Zara, dans ces lieux, sans vous est isolée ;
Si vous m'abandonnez, je vais être exilée.

COUCY.

Zara ! de votre cœur je connais tout le prix:
Entre vous, Ismaël, les miens et mon pays ,
Mon cœur reconnaissant désormais se partage.
Mais je languis, je meurs loin du français rivage ;
L'aurai-je donc quitté pour ne le voir jamais !
Que mes pieds, un instant, foulent le sol français;
Que je contemple encor le beau ciel de Provence ;
Que je respire l'air que l'on respire en France ;
Que ma main touche encor dans la main d'un français ;
Que j'embrasse un guerrier témoin de nos succès.
De nouveau, m'arrachant aux larmes d'une mère,
Alors je viens chercher la terre hospitalière,
En pleurant mon pays, de mes malheureux jours
Auprès de vous alors je viens finir le cours.

ISMAEL.

De la proscription, au sein de ta patrie,
Tu vas, ô mon cher fils, éprouver la furie;
L'exilé de retour n'est plus qu'un criminel
Qu'attend sur l'échafaud un supplice cruel:
Ou, si de tes bourreaux trompant la vigilance,
Tu prolonges encor une triste existence,
Forcé de te cacher, d'errer durant les nuits,
Tu retrouves l'exil au sein de ton pays.

COUCY.

J'y trouverai la mort, voilà mon espérance;
Mes yeux, en se fermant, auront revu la France !

~~~~~~

VII.

LE RETOUR DE L'EXILÉ.

———

« Après un long exil, je vais donc le revoir
Cet antique château, ce paternel manoir,
Où, pour moi, si long-tems, les rapides journées,
    Près de ma mère ont coulé fortunées !
Oh ! de quels pleurs de joie elle va me couvrir !
Oh ! comme au son lointain de mes bruyantes armes,
    Elle s'en va dans mes bras accourir !
Tandis que, d'un air calme et me cachant ses larmes,
Mon père, avec grandeur, va me tendre la main.
Et toi, mon vieil ami, mon compagnon fidèle,
Toi, qui, bon ou mauvais, partages mon destin,
Mon cher Phanor, tu vas, pour prix de tant de zèle,
Tu vas lécher la main de mon père attendri ;
      Tes longs cris, ton joyeux délire,
      Tes hurlemens sembleront dire :
Le voilà revenu, je l'ai toujours suivi. »

      Ainsi parlait l'heureux Coucy,
Et ses pas, plus pressés, s'alongeaient dans la plaine.
Il était nuit ; le vent, sur l'horizon noirci,
Semblait pousser la lune en sa course incertaine,

Jeter un voile épais sur son front obscurci,
Et la rouler voguant de nuage en nuage.
Rien ne peut du baron étonner le courage ;
Il marche, et devant lui court son fidèle ami.
Enfin, sur le penchant d'une longue colline,
Descend l'ombrage épais d'un bois qui la domine ;
C'est là que va finir son sort aventureux....
« Le voilà ce donjon de mes braves aïeux ;
Voilà, dit-il, voilà la chapelle sacrée
      Où, de ses femmes entourée,
      Ma mère, le soir, à genoux,
      Près de l'autel, avec mon père,
Offre au dieu de bonté sa fervente prière !
Ils ont prié pour moi ; leur repos est plus doux. »

Cependant à ses yeux la masse se dessine ;
Il approche ; ô douleur ! Ce château respecté,
Qui, trois siècles, au fer, aux ans a résisté,
      N'est plus qu'une vaste ruine !
Il entre ; sous ses pas, par l'écho prolongé,
D'un bruit lugubre et sourd les voûtes retentissent,
      Les salles désertes gémissent.
Il s'arrête un instant dans la douleur plongé,
Le bruit s'éteint et meurt de distance en distance,
Et tout, autour de lui, n est que nuit et silence.
Cette nuit, ce silence et cette sainte horreur
D'un lugubre présage ont effrayé son cœur.
Quels il revoit cés lieux si chers à son enfance,
Et quels il les a vus en ses jours de bonheur !
      Hélas ! durant sa longue absence,
Son père a donc senti les coups de la vengeance !

Innocent, on l'a condamné;
Ses amis l'ont abandonné....
Ses amis ! ah ! l'oubli, la mort et le silence
Restent seuls à l'infortuné !

A ce penser qui le déchire
Il sent naître un sombre délire ;
Il suit ces funestes débris ;
Son chien le suit, poussant de lamentables cris.
Il traverse les cours, les jardins solitaires ;
Là, parmi des monceaux de pierres,
Un rosier que sa mère a planté de sa main,
Qu'elle cultivait seule, auquel, chaque matin,
Soigneuse, elle apportait l'onde fraiche et limpide,
Sur sa tige, échappée au souffle destructeur,
A fait naître une pâle fleur,
Semblable à la vierge timide,
Orpheline, qui vient, en longs voiles de deuil,
De sa mère, la nuit, orner le froid cercueil.

Coucy la voit, l'arrache à sa tige souillée :
« Rose, dit-il, présent cher à l'amour,
A peine encor tu pourrais vivre un jour;
Sur la tombe des miens viens mourir effeuillée,
Triste et dernier tribut qui puisse désormais
Leur prouver mon amour sans calmer mes regrets ! »

Non loin, s'élève la chapelle
Où dort de ses aïeux la dépouille mortelle :
Il dépose son casque, et, d'un pas triste et lent,
Jusqu'à l'autel désert se traîne chancelant.

C'était l'heure funèbre où l'on dit que les mânes
De leurs tombeaux ouverts sortent pâles et grands
Et viennent de leurs cris effrayer les profânes,
Ou, tristes et muets, de leurs amis vivans,
Revoir du moins encor la retraite chérie,
S'asseoir à leur chevet comme au tems de la vie.
A travers les vitraux, par le vent agités,
Apparaît de la nuit l'astre mélancolique ;
De ses rayons douteux, sous la voûte gothique,
Se prolongent au loin les lugubres clartés,
Et leur pâle lueur rend la nuit plus affreuse.
Alors, le long des murs, voilà, silencieuse,
Une ombre qui paraît, s'avance lentement,
S'arrête et fuit bientôt sous une voûte sombre,
Comme un léger nuage emporté par le vent.
De sa mère, Coucy croit reconnaître l'ombre,
Il l'appelle à grands cris, vers elle il tend les bras.....
Hélas! l'infortuné! l'ombre ne répond pas;
La lune s'obscurcit, et la seule tempête
Promène son murmure au dessus de sa tête.
C'en est fait; il succombe.... et lorsque le soleil
De ces lieux attristés vint redorer le faîte,
Coucy dormait, hélas! de l'éternel sommeil,
Et, près de lui, son chien attendait son réveil.

FIN DE L'EXILÉ.

LE SIÉGE D'ORLÉANS.

Au joug de l'étranger arrachons notre France !

LE SIÉGE D'ORLÉANS.

Sur les bords fortunés où serpente la Loire,
S'élève une cité fameuse dans l'histoire,
Orléans, qui, tandis que l'orgueilleux anglais
D'un pied usurpateur foule le sol français,
Fidèle à Charles Sept, sa ressource dernière,
Des lis déshérités fait flotter la bannière;
Qui, tandis qu'en tous lieux, par le sort abattus,
Ses preux baissent leurs fronts lassés et non vaincus,
Seule, du grand Talbot arrêtant le courage,
De la Provence encor lui ferme le passage.
Mais que peuvent, hélas! ses belliqueux efforts?
Déjà, de tous côtés, la pressant au dehors,
Sous ses murs écroulés s'avancent ces machines
Qui, des épais remparts, font d'immenses ruines.
Déjà même, au dedans, le peuple consterné
Croit, du ciel en courroux, Charles abandonné.

Le conseil effrayé s'assemble et délibère;
Beaucoup veulent la paix, peu demandent la guerre.
« Terminons, disent-ils, un règne désastreux;
Vivons heureux enfin sous un monarque heureux. »
Villars allait céder, quand se lève Xaintrailles,
Aussi sage au conseil qu'intrépide aux batailles :
« Peut-on délibérer quand on sait son devoir!
Mes amis, nous dit-on, vous n'avez plus d'espoir!
Hé! l'espoir de mourir, et de mourir fidèles,
De laisser, après nous, de grands et beaux modèles,

3

N'est-il pas un espoir digne de notre cœur,
Qu'exigent nos sermens, qu'exige notre honneur !
Mais je mets mon espoir dans le dieu des armées,
Il ne permettra pas que ces plaines aimées,
Sous un joug étranger fléchissent à jamais,
Il fera, plus brillant, fleurir les lis français....
Je ne sais quelle voix, dans toute la nature,
Proclame hautement ce favorable augure ! »

Il parlait ; au conseil se présente un guerrier,
Jeune, bienfait, couvert d'un éclatant acier ;
Son regard belliqueux, sa noble contenance,
Son visage serein, sa modeste assurance,
Tout charme, tout séduit en l'illustre inconnu ;
Jamais les vieux guerriers aux combats ne l'ont vu ;
Les jeunes, avec lui, n'ont point rompu de lance,
Et tous, sans l'éprouver, sont sûrs de sa vaillance.
On l'aime en le voyant, on se plait à l'aimer,
On l'écoute ; qu'il parle, il va tout enflammer :
« Charles sera vainqueur, dit-il, sa cause est juste ;
Le Très-Haut des Valois chérit la race auguste.
Par d'illustres effets sa divine bonté
Manifeste aux mortels sa ferme volonté.
Dans un vallon tranquille, où la Meuse naissante
Roule, loin des combats, son onde transparente,
Et d'un humble hameau féconde les guérêts,
Sous un chaume modeste, à l'ombre des forêts,
Il a fait naître pauvre une simple bergère ;
Ses biens sont un troupeau, sa cabanne et sa mère.
Ses plaisirs sont d'errer seule au milieu des bois ;
D'écouter la tempête ou d'y mêler sa voix ;

De voir, à sa prière, assidus autour d'elle,
Les anges oublier leur demeure immortelle,
De l'obscur avenir lui dire les secrets,
Et sur elle, de Dieu les glorieux projets.
Que de fois, au retour de ce pélerinage,
Une flamme céleste éclaira son visage !
Elle disait alors : « j'irai trouver le Roi;
» Le beau pays des lis sera sauvé par moi;
» Hélas ! j'aimerais mieux, inconnue à la terre,
» Filer en paix mon lin près de ma pauvre mère !
» Mais sans moi, ducs ni rois ne peuvent réussir;
» Dieu parle, Dieu le veut, il lui faut obéir. »

« Elle est venue enfin, cette jeune inspirée;
Sous ses ordres déjà, d'une marche assurée,
S'avancent, à travers les bataillons anglais,
Nos chevaliers tout fiers de leurs futurs succès.
Charles est auprès d'elle, et déjà la victoire
Dore ses étendards des rayons de la gloire. »

A ces mots prononcés d'un air triomphateur,
Villars sent ranimer son antique valeur;
Gaucour, Derays, Guitry, Lahire, Coarâse,
Tout le conseil surpris de l'ardeur qui l'embrâse,
Entoure, avec respect, le héros étranger;
Un murmure flatteur semble l'interroger,
On veut savoir son nom, on brûle de connaître
Son père, ses exploits, quel pays l'a vu naître;
Partout autour de lui le peuple est accouru;
Mais bientôt dans la foule il se perd confondu,
Et l'on voit l'orient d'une vive lumière
Briller, comme aux beaux jours où visitant la terre,

Sous le toit d'Abraham, près de nos saints aïeux,
Descendaient quelquefois les habitans des cieux.

L'armée, à cet aspect, de son repos honteuse,
Le peuple entier, brûlant d'une ardeur belliqueuse,
Demandent à grands cris de voler aux combats.
D'un glaive étincelant Gaucour arme son bras;
En ordre, autour de lui, chaque héros se range,
Et d'un pas mesuré fait marcher sa phalange.
La porte s'ouvre enfin.... allez, braves guerriers,
Affronter le trépas et cueillir des lauriers!

A grands pas cependant Charles et la Bergère
Guident vers Orléans un secours nécessaire.
L'intrépide Stuart conduit mille écossais,
Fiers de prêter leurs bras au monarque français.
Viennent trois cents lanciers sous les ordres d'Illeres;
Leurs brassards argentés, leurs flottantes bannières,
Le son rapide et clair de leur bruyant airain,
Leurs destriers légers écumant sous le frein,
D'un galant carousel offrent l'heureuse image.
Cent jeunes chevaliers, tous brillans de courage,
Sur les pas de Dunois font l'essai des combats.
Après eux lentement roulent avec fracas
Ces foudres meurtrières que l'homme, en sa furie,
Ravit aux noirs enfers pour s'arracher la vie.
De ses preux élégans Charles environné,
Marche la lance au poing et le front couronné.
Mais qui pourrait tracer de la jeune héroïne,
L'air grand et belliqueux, et la grâce divine !
Une cuirasse d'or presse les blancs contours
De son sein virginal inconnu des amours.

Sur son rond bouclier, tressés d'or et de soie,
Brillent, entre les lis, ces deux mots : DIEU M'ENVOIE.
A l'arçon attaché pend son casque d'argent,
Où flotte, aimé des cieux, un long panache blanc.
Sur son front désarmé, jouant à l'aventure,
Vole, au gré des zéphirs, sa brune chevelure,
Qui par fois de ses traits couvrant l'humble candeur,
Semble un voile jeté des mains de la pudeur.
Sur les bords de la Loire, en un profond silence,
Chacun, suivant son rang, après elle s'avance.

Déjà les longues tours et les larges crêneaux
Apparaissaient au loin, quand portés par les flots,
De lamentables cris, des bruits affreux de guerre,
Des coups sourds et pressés du belliqueux tonnerre,
De la troupe attentive ont frappé les esprits.
Des armes on entend le bruyant cliquetis;
Et bientôt, dans les airs, une épaisse fumée
S'élève en ondoyant, de la ville enflammée.
« Ah! secourons, dit Charle, et sauvons mes français »!
Jeanne d'Arc aussitôt : « amis! voilà l'anglais!
De Henry, dans ce jour, renversons la puissance;
Au joug de l'étranger arrachons notre France.
L'anglais!... que notre sol trop long-tems insulté
D'odieux bataillons ne soit plus infesté ».
Elle dit; prend son casque, abaisse sa visière,
Et vers les combattans s'élance la première.
En cet instant, trahi par le sort des combats,
Gaucour, avec les siens, affrontait le trépas.
Autour de lui, d'Orval, Xaintrailles et Graviles
Épuisaient leur valeur en efforts inutiles.

La fureur sur le front, la rage dans le cœur,
Sous le nombre accablés, devant leur fier vainqueur,
Ils cédaient pas à pas; leur sanglante retraite
Appauvrit l'ennemi par plus d'une défaite;
Plus d'un héros anglais sent le poids de leur bras;
L'impétueux Warwick tombe avec Glacidas.
Telle, au fond des déserts, de chasseurs poursuivie,
Devant eux lentement, la lionne en furie,
Marche fière, rugit, mais elle ne fuit pas;
Souvent elle s'arrête et revient sur ses pas.

Tel reculait Gaucour; les hordes furieuses,
Avec lui dans la ville entraient victorieuses,
Quand tout à coup le roi, l'héroïne et ses preux
Par la porte opposée arrivent tout poudreux.
L'aspect du souverain, de la jeune guerrière,
Au soldat effrayé rend son ardeur première;
On descend à grand bruit les foudres des remparts;
Sous l'oriflamme blanc pressés de toutes parts,
Le peuple, les soldats, les femmes enhardies,
Demandent à marcher aux tentes ennemies;
Déjà brillent au loin les torches et les feux;
Impatient, tout sort.... L'anglais surpris, honteux,
Défend en vain le poste acquis par sa vaillance;
Il résiste, on le presse; il recule, on s'avance;
Il fuit. Tel quelquefois, quand s'emparant des cieux,
Souffle d'un pôle à l'autre un vent impétueux,
On voit au loin voler nuage sur nuage,
Les flots presser les flots sur le grondant rivage,
Et les sables brûlans, de sillons en sillons,
L'un sur l'autre rouler leurs épais tourbillons;

Tels, à la voix de Dieu, tremblans et sans défense,
Roulaient les bataillons sous le vent de la France.

Près des murs d'Orléans, du côté de Paris,
D'un cloître abandonné s'élèvent les débris.
La Loire coule au pied de sa vieille tourelle,
Un pont unit la plaine à l'antique chapelle.
Sous ses longs corridors, dans ses détours obscurs,
Le vent souffle et mugit ; et l'on dit qu'en ces murs,
De sépulcrales voix et d'affreuses lumières,
Dans ces tems de malheurs, durant des nuits entières,
Épouvantent au loin le tremblant voyageur.
Là, Talbot va chercher un abri protecteur ;
Sous ces murs redoutés où l'humble pénitence
Vivait, priait, mourait dans un pieux silence,
Le blasphême à la bouche et les bras tout sanglans,
A flots tumultueux entrent les combattans.
Mais ces fossés profonds, ces tours hospitalières
Ne sont pour des français que de vaines barrières;
On y donne l'assaut : les énormes rochers
Que roule, avec effort, un groupe de guerriers;
La mort de tous côtés, la foudre sur leur tête,
Tout enflamme leur cœur, embellit leur conquête.

La première arrivée au faîte des remparts,
L'héroïne, un instant, d'un seul de ses regards,
Glace les plus hardis; sous sa lance pesante,
La foule roule et meurt sur la brèche sanglante.
L'intrépide Willam, en protégeant Bedford,
Reçoit aux yeux du chef une honorable mort;
Elle frappe, tout tombe ou cède devant elle.
Mais Talbot accourant : « Soldats! honte éternelle!

Fuir ! devant une femme.... Il dit ; l'air menaçant,
Sur la jeune guerrière il lève un fer pesant ;
Dunois pâlit ; mais elle, intrépide et légère,
Écartant avec art l'impuissant cimeterre,
Marche droit à Talbot. On s'arrête autour d'eux,
Chacun, pour son héros, au ciel offre des vœux :
On sent qu'entre leurs mains est le sort de la France.
Tous deux sont enflammés d'une égale vaillance ;
Talbot presse ses coups, de colère agité,
Mais l'héroïne est calme en sa vivacité :
Il frappe avec fureur, elle pare avec grâce ;
Le fer des deux côtés se croise, s'entrelace,
Il rencontre le fer, il en est repoussé,
Sur l'acier qui se rompt l'acier glisse émoussé.
Talbot, l'esprit troublé, de plus d'une blessure
Voit son sang, à grands flots, couler sur son armure ;
Il s'irrite, il chancelle, et levant les deux bras,
De son glaive brisé fait voler en éclats
L'or qui couvre le sein de sa noble adversaire,
Et lui-même, mourant, roule sur la poussière.
De la vierge Dunois voit le beau sang couler,
Il court ; loin des dangers il veut la rappeler.
« Non, ce n'est pas du sang ; Dunois, c'est de la gloire
Qui coule de mon sein.... Poursuivons la victoire !...»
A sa voix, tout s'émeut. Aussitôt on put voir,
Comme un coursier sans frein, qu'une ombre vers le soir
Précipite au hasard, à grands pas, dans la pleine,
L'anglais épouvanté, confondu, hors d'haleine,
En désordre courir, se jeter à l'instant
Vers le passage étroit que le pont chancelant
Leur livre seul encor sur ses arches fragiles ;
Tous s'y pressant en foule, y restent immobiles,

Et l'infidèle appui, fléchissant sous leurs pas,
Déjà miné des ans, s'écroûle avec fracas.
Leurs bataillons vaincus sont roulés dans la Loire ;
L'honneur français, enfin, a reconquis sa gloire :
Orléans est sauvé ! De l'orient alors
Le souffle du très-haut accouru vers ces bords,
Sur l'étendard anglais fond avec violence,
L'enlève, le déchire, et, balayant la France,
Loin au delà des mers va jeter ses débris ;
Cependant que tourné vers les murs de Paris,
L'oriflamme sacré lève sa noble tête,
Et marche désormais de conquête en conquête.

FIN DU SIÉGE D'ORLÉANS.

www.ingramcontent.com/pod-product-compliance
Lightning Source LLC
Chambersburg PA
CBHW060843180626
46818CB00004B/1570